Peu de temps après la déco[...]
un récit de la vie des premi[...]
à travers la quête de Page-[...]

AN 450 | **L'HEURE DE LA GARGOUILLE**

Au Darshan, il suffit de croire en un dieu pour qu'il existe...
Eh bien il en va de même avec les enfers. L'étrange voyage
de Phorée descendu aux ombres pour retrouver sa bien-aimée...
bien qu'elle ne le désirât pas vraiment !

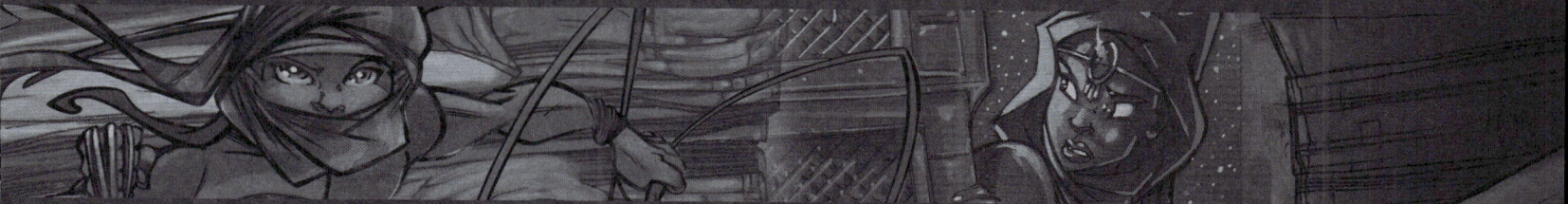

AN 1450 | **LES GUERRIÈRES DE TROY**

Sur les landes d'Hédulie, les barons s'affrontent déjà
depuis des siècles. Les guerres entre castels font partie
de la culture locale. Mais lorsque les trahisons viennent
de l'intérieur, il faut l'intervention des fantômes de la famille
pour remettre les choses en ordre...

AN 3623 | **PLONEÏS L'INCERTAIN**

Près du fleuve Pourpre, Mahalon et Ploneïs
se retrouvent prisonniers dans une maison
dont la tenancière a le pouvoir de transformer
les hommes en femmes. Ploneïs, devenu Ploneïa,
va tenter d'échapper à son nouveau destin.

Beaucoup d'humains se méfient des trolls, et
l'on ne peut pas vraiment leur donner tort.
Pourtant, à suivre les aventures et la vie quotidienne
d'une petite famille trolle, on découvre que ces gros
monstres poilus peuvent être très attachants !

AN 4010 | **LANFEUST DE TROY**
CIXI DE TROY
LANFEUST DES ÉTOILES
LANFEUST ODYSSEY

Les Guerrières de Troy

T1 - YQUEM LE GÉNÉREUX

SCÉNARIO
ARLESTON-MELANŸN
DESSIN ET COULEURS
DANY
EFFETS SPÉCIAUX
MOURIER

Soleil

À mes amis... merci.
Melanÿn

Il était une fois, sur le monde de Troy, quelque part dans les archipels déchiquetés de la Côte de Ouestie, une douce jeune fille du nom de Lynche... enfin, une presque douce jeune fille.

De fait, elle exerçait l'honorable profession de mercenaire et escortait les navires marchands qui cabotent entre les îles luxuriantes et Port Pourpre.

YAP ?

EYH ! LYNCHE !

ON DIT QUE T'AS LE POUVOIR D'AFFÛTER LES LAMES...

C'EST EXACT.

ALORS, TU VAS VENIR M'AFFÛTER DE PRÈS...

C'EST VRAI, ÇA ! T'ES AU SERVICE DE L'ÉQUIPAGE ! HA HA HA !

MHH...

SWIIIFFFF

COMME ÇA ?

EYH !

ÇA SUFFIT !

1

5

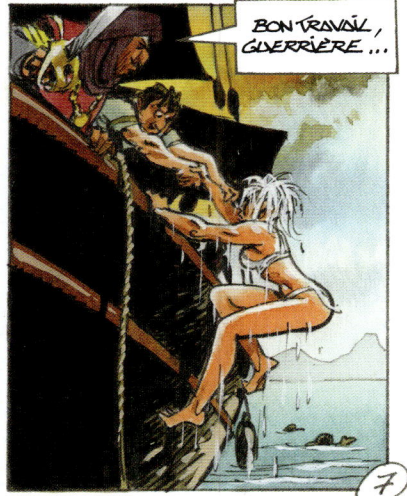

VOILES TOUTES! AVANT QUE LES AUTRES N'ARRIVENT...

ON RESTE PAS EN TUER ENCORE UN PEU?

POUR UN COUP FOIREUX...

FACE AUX ARCHIPELS DES ÎLES LUXURIANTES, PORT POURPRE EST LA PLAQUE TOURNANTE DU COMMERCE SUR LA CÔTE ORIENTALE...

À CHAQUE MARÉE, DES DIZAINES DE NAVIRES DE TOUTES FORMES ET DE TOUTES TAILLES Y CHARGENT ET DÉCHARGENT DES CARGAISONS PRÉCIEUSES.

ON REPART DANS TROIS JOURS POUR BOXFORE, EN SOUTE, DES BARRIQUES DE VIN D'ÉPICES, ET DE LA SOIE D'ARKHGNE. TU VIENS, LYNCHE?

PAS CETTE FOIS, J'EN AI ASSEZ DES EMBRUNS. JE VEUX ME DÉGOURDIR LES JAMBES...

8

10

EYH, MIGNON, AMÈNE-MOI UN PICHET DE GRIS DE KLOSTOPE ET TON PLUS BEAU SOURIRE !

TOUT D'SUITE, M'DAME.

APPROCHEZ, APPROCHEZ ! VENEZ ASSISTER À LA DANSE MORTELLE DU SERPENT-TIGRE !

LA SEULE MORSURE DE CES MONSTRES PEUT FOUDROYER UN PÉZURE EN QUELQUES SECONDES !

GRÂCE À VOTRE GÉNÉROSITÉ, ILS VONT DANSER POUR VOUS CE SOIR.

♪ ♫ ♪

TSSSSS

PLUS BAS, SUR LE PORT...

PAS DE BUTIN, PAS DE PAYE, C'EST LA RÈGLE, RAYA. PEUT-ÊTRE QUE TU AS PERDU LA MAIN.

TU PLAISANTES ?

J'AI SURTOUT PERDU MA SEULE ARBALÈTE À CAUSE DE L'INCOMPÉTENCE DE TON ÉQUIPAGE !

SI TU AS BESOIN D'ARGENT, ON PEUT TROUVER UN ARRANGEMENT !

AVEC CE QUE T'AS LÀ, TU POURRAIS TE RECONVERTIR...

N'Y PENSE MÊME PAS.

10

TIENS, RAYA...

HEY! BELLE ROUSSE!

REBONJOUR, LYNCHE.

TOUJOURS AUSSI FINE LAME, À CE QUE J'AI PU CONSTATER.

OUI, MAIS JE N'AVAIS PAS CHOISI LE BON CAMP!

PAS DE BUTIN, PAS DE PAYE!

HO HO HO!

ET CETTE ARBALÈTE RUTILANTE ? MHHHH ?

ÇA ? OH... UN VIEUX TRUC DE FAMILLE... EUH...

BON, D'ACCORD, JE ME SUIS ENCORE LAISSÉE AVOIR PAR UN VENDEUR !

ET JE N'AI PLUS UNE PIÉCETTE... MÊME PAS DE QUOI T'OFFRIR À BOIRE.

ALORS, CE SERA POUR MOI. HEY ! BEAU GOSSE ! DEUX REPAS COMPLETS ET UN AUTRE PICHET DE GRIS !

EUH... OUI !

'Y A DEUX FILLES TROP BELLES EN TERRASSE... PFFIOU, J'EN AI LES GENOUX QUI TREMBLENT !

DES GUERRIÈRES. C'EST PAS POUR LES GARS COMME NOUS, ÇA. MÉFIE-TOI.

TU VAS FAIRE QUOI, MAINTENANT ?

J'AI DÉCIDÉ DE PROFITER UN PEU DE LA VIE QUELQUE TEMPS...

POUR L'IMMENSE ARTISTE, M'SIEURS DAMES !

PFFT ! ON NE PEUT PLUS ÊTRE TRANQUILLE, ICI !

OH, IL NE VA PAS NOUS EMBÊTER LONGTEMPS. J'AI MON PETIT POUVOIR AVEC LES REPTILES, TU SAIS...

L'IMAGE DES CROCHETS QUI TOMBENT ET DES ÉCAILLES QUI TERNISSENT, ÇA MARCHE À TOUS LES COUPS...

ET HOP !

?!?

HÉ HÉ HÉ ... TU LEUR AS FAIT QUOI ?

J'ENTRE DANS LEUR TÊTE. LÀ, JE LES AI JUSTE UN PEU DÉPRIMÉS.

ATTENDEZ ! REVENEZ ...

NULS, VOS SERPENTS !

ET TOI, TU AS UN AUTRE CONTRAT ?

BOF, MOI ... TU SAIS ...

... JE ME DEMANDE PARFOIS À QUOI ÇA RIME TOUT ÇA ...

... UNE VIE SANS BUT, RISQUER SA PEAU À CHAQUE CONTRAT ...

... JE ME DEMANDE CE QUE JE FAIS LÀ, POURQUOI ...

NOUS SOMMES DES MERCENAIRES ! C'EST L'EXISTENCE DE LIBERTÉ QUE NOUS AVONS CHOISIE !

JE VOUDRAIS ME SENTIR UTILE ...

MAIS NOUS SOMMES UTILES, NOUS PARTICIPONS ACTIVEMENT À LA SÉLECTION NATURELLE.

NOUS NE SAVONS QU'ÔTER LA VIE ...

TU PRÉFÉRERAIS LA DONNER ? DEVENIR GROSSE, TORCHER TES REJETONS ET LAVER LES CHAUSSES D'UN MARI PUANT ?

AH ÇA, NON !

AH ! TOUT DE MÊME ! J'AI CRU UN MOMENT QUE TU ÉTAIS VRAIMENT PERDUE. REMPLIS LES GOBELETS, PLUTÔT !

14

16

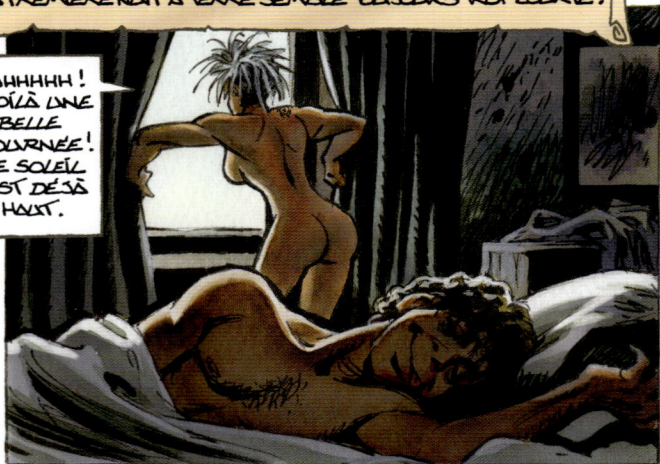

APRÈS LES LONGUES ET INTERMINABLES SEMAINES EN MER, LA PREMIÈRE NUIT À TERRE SEMBLE TOUJOURS TROP COURTE.

AHHHHH ! VOILÀ UNE BELLE JOURNÉE ! LE SOLEIL EST DÉJÀ HAUT.

DEBOUT, MON MIGNON ! TU DÉGAGES !

MAIS JE ....

TU CROYAIS QUE J'ALLAIS T'APPORTER LE PETIT DÉJEUNER AU LIT ?

GENTIL, MAIS LA NUIT PROCHAINE, J'EN TROUVE UN MOINS RAPIDE !

TIENS, ROYA !

JE SUIS PASSÉE TE DIRE AU REVOIR !

JE DESCENDS.

ALORS, LA NUIT FUT BONNE ?

PAS MAL ...

MAIS ?... C'EST PAS POSSIBLE ...

C'EST QUOI, ÇA ?!?

MA NOUVELLE VIE. JE M' ENGAGE COMME VOLONTAIRE POUR AIDER LE DELPONT.

MAIS CE SIGNE, LÀ ...

LE SYMBOLE DES BÉNÉVOLES D'YQUEM.

ON DIRAIT QUE TU AS VU UN FANTÔME ...

LE CONVOI PART. JE DOIS REJOINDRE LE GROUPE.

ROYA ! ATTENDS !

18

YODEM, TU DISAIS ?

OUI ?

IL FAUT QUE JE LUI PARLE.

C'EST LE GRAND SI BEAU QUI DISCOURAIT HIER SOIR, C'EST À CAUSE DU COLLIER ?

JE SUIS UNE AMIE DE RAYA.

D'OÙ VIENT VOTRE EMBLÈME ?

BONJOUR...

POURQUOI CETTE QUESTION ?

CURIOSITÉ.

CE VIEUX MAÎTRE, ON PEUT LE RENCONTRER ?

VOUS L'AVEZ DÉJÀ VU AILLEURS ?

SUR QUELQU'UN, PEUT-ÊTRE ?

NON, ENFIN OUI, QUELQU'UN QUE J'AI CONNU.

C'EST UN TATOUAGE QU'ON TROUVE PARFOIS, MAIS C'EST AUSSI LE SIGNE DE MON VIEUX MAÎTRE.

J'EN AI DONC FAIT L'EMBLÈME DE NOTRE ORGANISATION HUMANITAIRE.

BIEN SÛR. FAITES LA ROUTE AVEC NOUS. REJOIGNEZ LES VOLONTAIRES.

19

VILLE APRÈS VILLE, UNE FOULE TOUJOURS PLUS GROSSE SUIVAIT LA CROISADE DE CHARITÉ D'YOUEM. PORT POURPRE AVAIT, COMME LES AUTRES CITÉS, DE NOUVEAUX ARRIVANTS POUR SE JOINDRE AU CONVOI.

CE DONT TOUS NE SE RENDAIENT PAS COMPTE ÉTAIT QU'YOUEM USAIT DE SON PROPRE POUVOIR MAGIQUE : CELUI QUI LUI DONNAIT LA FACULTÉ DE PRENDRE DES INTONATIONS PARTICU-LIÈREMENT PERSUASIVES. IL ÉTAIT SI DIFFICILE DE LUI RÉSISTER...

LOIN DU COEUR ET LOIN DES YEUX LE DELPONT MEURT PEU À PEU PEU À PEUUUUUUU ♪ ♪ ♪

ET SI CE N'ÉTAIT QU'UNE COÏNCIDENCE ? APRÈS TOUT, LE SYMBOLE DE LA TORTUE...

21

LE COMMERCE MARITIME AVAIT FAIT DE PORT-POURPRE UNE VILLE RICHE, MAIS L'ARRIÈRE-PAYS N'AVAIT PAS EU CETTE CHANCE. PLUS ON S'ENFONÇAIT DANS LE CONTINENT, PLUS LE PAYSAGE DEVENAIT DÉSOLÉ...

MES AMIS! ÉCOUTEZ-MOI TOUS! L'HEURE EST GRAVE!...

ET, DE CAPITALES ANIMÉES EN BOURGS RECULÉS...

... DE VILLAGE EN VILLAGE...

... LE DELPONT EST VICTIME DE LA PLUS TERRIBLE SÉCHERESSE QU'AIT CONNU 'TROY DEPUIS PLUS D'UN SIÈCLE!...

... PENDANT QUE VOUS ENGRAISSEZ, DES POPULATIONS ENTIÈRES SONT DÉCIMÉES!...

DE VERTES PRAIRIES EN DÉSERTS ROCAILLEUX...

... MAIS AUSSI ET SURTOUT, OR ET VALEURS QUI PERMETTRONT D'ACHETER LE MINIMUM VITAL AUX PLUS DÉSESPÉRÉS...

... CHACUN DE VOS DONS PEUT SAUVER UN BÉBÉ! JE VOUS EN SUPPLIE! AIDEZ-NOUS! AIDEZ-LES!

HUMPFF...

SI J'ENTENDS ENCORE UNE FOIS CE DISCOURS, JE CROIS QUE JE ME SUICIDE...

22

24

VOTRE DISCOURS ÉTAIT TERRRRRIBLEMENT TOUCHANT... LES PAUVRES ENFANTS DU DELPONT... C'EST AFFREUX!

C'EST POUR VENIR EN AIDE À CES PETITS ÊTRES QUE NOUS PARCOURONS LES CHEMINS...

MAIS CE SONT VOS DONS QUI LES SAUVERONT!

TENEZ, PRENEZ CE BRACELET. SI ÇA PEUT AIDER CES PAUVRES PETITS CHOUX...

NOUS SAUVERONS PEUT-ÊTRE UN ENFANT GRÂCE À VOUS!

NOS HOMMES SONT LÀ POUR VEILLER SUR LE FOURGON QUI CONTIENT LES DONS LES PLUS GÉNÉREUX.

VOTRE BIJOU Y SERA EN SÉCURITÉ JUSQU'AU DELPONT.

VOUS ÊTES MERVEILLEUX!

C'EST ÉMOUVANT DE VOIR TANT DE GÉNÉROSITÉ.

MOUAIS...

ET LES JOURS SUCCÈDENT AUX JOURS...

J'AIME CETTE VIE... C'EST JUSTE DOMMAGE QU'ON NE SOIT PAS PLUS SOUVENT EN VILLE POUR S'AMUSER!

LE CAMP EST PLUS FACILE À DÉFENDRE ICI.

TROP DE DISTRACTIONS POURRAIENT NUIRE À LA BONNE MARCHE DU CONVOI.

ON A FAIT HALTE À PORT-POURPRE, MAIS C'ÉTAIT POUR RAVITAILLER.

TU ES LÀ DEPUIS LONGTEMPS, LINNAH?

J'AI ENTENDU YOLEM À BOMOCRE, JE N'AVAIS PLUS DE FAMILLE, ALORS.

ET VOUS, MOON?

JE SUIS UNE DES PLUS ANCIENNES. J'AI PARTICIPÉ À PLUSIEURS DES CONVOIS QUI SILLONNENT LA QUESTE.

23

C'EST BIEN ÇA...

LA VOIX...

ARRÊTEZ ÇA TOUT DE SUITE, YQUEM.

QUOI DONC ?

VOTRE VOIX, VOTRE POUVOIR DE PERSUASION. SI VOUS RETENTEZ ÇA AVEC MOI, JE VOUS ÉGORGE.

TU N'EN DEMEURES PAS MOINS UNE ÉLUE, MON VIEUX MAÎTRE T'EXPLIQUERA...

ON VERRA ÇA...

ALERTE !

UN KRYPION !

QUOI ?!? TU L'AS TROUVÉ OÙ ?

IL EST TOMBÉ, ATTIRÉ PAR LE FEU, IL VENAIT DU SUD-EST, DROIT LÀ OÙ ON VA.

TOUT LE MONDE DEBOUT !

ON LÈVE LE CAMP IMMÉDIATEMENT !

C'EST QUOI, UN KRYPION ?

TOI, TU ES RESTÉE LONGTEMPS EN MER ! C'EST UNE FOUTUE SALOPERIE D'INSECTE...

?

ET ON S'EN VA PARCE QU'ON EN A TROUVÉ UN ?!?

UN ÉCLAIREUR, ÇA VEUT DIRE QUE LES AUTRES SUIVENT À QUELQUES HEURES.

25

27

KKRRSSHHKKRRSSHH
AU SECOURS !!!
IIIIIIHHHHHHHH !
AIDEEEEZ-MOI !
ARRRHHHHH !
DU FEU ! VITE !
IL Y EN A DES MILLIONS !
RAYA ! PRENEZ ÇA !
27

IL EN VIENT DE PLUS EN PLUS ! ON VA SE FAIRE BOUFFER !

LE FEU ! C'EST NOTRE SEULE PROTECTION !

GROUPEZ-VOUS ! UN GRAND FOYER CENTRAL !

KKRRSSHHKKRRSSHH

YOUEM... LE CHARIOT BLINDÉ.

TU AS RAISON.

VITE !

ON VA ATTENDRE QUE ÇA PASSE.

TOI QUI AS LE POUVOIR D'ENTRER DANS LA TÊTE DES REPTILES, TU AS ESSAYÉ AVEC CES TRUCS ?

JE NE PENSE PAS QUE... BON, JE TENTE QUAND MÊME.

NON...

... PAR CONTRE...

DES DRAGONS !

28

YAHOUUUHHHHHH !

GAGNÉ ! LES KRYPIONS S'ENFUIENT !

ÇA A MARCHÉ...

OUI, MAIS ON A DES DÉGÂTS.

JE N'ENTENDS PLUS RIEN.

ON PEUT SORTIR.

NOUS NE DEVONS PAS RESTER LÀ ! METTEZ LES BLESSÉS DANS LES CHARIOTS, REPARTISSEZ LES BÊTES DE TRAIT RESTANTES...

... MALGRÉ L'ADVERSITÉ, NOUS SAUVERONS LES ENFANTS DU DELPONT !

LES MEILLEURES BÊTES POUR LE CHARIOT BLINDÉ.

SÛR.

LES DRAGONS ONT DÛ LES FAIRE FUIR JUSQU'EN QUESTIE !

OH, FACILE À SAVOIR...

... IL SUFFIT DE REGARDER.

OH NON ...

TOUS VERS LE DÉFILÉ, LÀ-BAS ! VIIIIIIIIIITE !

POURQUOI CET AFFOLEMENT, RAYA ?

LES DRAGONS ONT FINI LES KRYPIONS, ÇA LEUR A OUVERT L'APPÉTIT, ET ILS SE SONT SOUVENUS DE NOUS...

... ILS REVIENNENT !

33

OUI, QUOI ?

'Y A DES MÂLES ET DES FEMELLES, NON ?

POUSSE-LES UN PEU...

HI HI ! AH OUI ! ÇA PEUT MARCHER !

RESTE PLUS QU'À TROUVER UN MOYEN DE LES FAIRE DÉCAMPER !... TU POURRAIS PEUT-ÊTRE ESSAYER UN TRUC...

KRWIIIHH ?

RRHUUURH !

KRWIIR ?

KWIIUUH !

WRHUUUHR !!

EXCELLENTE IDÉE ! ILS ONT DISPARU...

LES DRAGONS SONT DES MÂLES COMME LES AUTRES, IL SUFFIT DE LES CHAUFFER UN PEU...

... ET J'AI CONFIANCE EN TON IMAGINATION DANS CE DOMAINE, MÊME AVEC DES DRAGONS !

ALLEZ, ON SE TIRE DE CE PIÈGE !

33

À L'APPROCHE DES MONTS PERDUS, LES CHEMINS SE FONT PLUS RUDES POUR LES HOMMES COMME POUR LES BÊTES.

NOUS SERONS BIENTÔT À LYANTHE, UNE OASIS DE MONTAGNE.

VOUS CONNAISSEZ CETTE RÉGION ?

IL Y A LONGTEMPS QUE JE SILLONNE LE MONDE AU SERVICE DU BIEN, RAYA.

OH YQUEM ! JE VOUS ADMIRE TELLEMENT...

?!?

IL S'EST PASSÉ QUELQUE CHOSE DE TERRIBLE, ICI...

LES PAUVRES GENS...

OUI...

... ON NE VA PAS POUVOIR EN TIRER GRAND-CHOSE...

34

AH! VOILÀ ISSAN ET LE DÉTACHEMENT DU PALAIS ROUGE...

MAIS POURQUOI CETTE BOUCHERIE ?!?

LYNCHE !?

LYNCHE! RÉVEILLE-TOI, LYNCHE! TU DOIS REPRENDRE CONSCIENCE! CE N'EST PAS BON SI LE SANG COULE À L'INTÉRIEUR DE TA TÊTE...

RAYA ?!... ET... MAIS C'EST LYNCHE !?...

ISSAN !

QU'EST-CE QU'ELLE A ?

UNE PIERRE SUR LA TEMPE...

MMHH...

...ELLE VA AVOIR BESOIN D'UN PEU D'AIDE.

HEY! NON, PAS TES POISONS!...

POISONS, MÉDECINES, C'EST LA MÊME CHOSE. TOUT EST QUESTION DE DOSES ET D'ÉQUILIBRE.

UNE GOUTTE ? ÇA REQUINQUE.

SANS FAÇON.

QUE FAIS-TU LÀ ?

JE TRAVAILLE POUR YQUEM... COMME TOI, ON DIRAIT!

CES MONSTRES DE GLOUTONNERIE ET D'AVIDITÉ VIOLENTE VOULAIENT RUINER VOS DURS EFFORTS POUR VENIR EN AIDE AUX AUTHENTIQUES MISÉREUX...

NOS CHEMINS VONT SE SÉPARER PROVISOIREMENT ICI. NOUS VOUS REJOINDRONS AUX PORTES DU DELPONT. **ALLEZ, MES AMIS, ACCOMPLISSEZ VOTRE MISSION SACRÉE !**

VIVE YOLEM !

IL A RAISON !

OUI !

TOI AUSSI, TU AS DÉCIDÉ DE REJOINDRE UNE NOBLE CAUSE ?

TU PARLES ! MOI, JE SUIS LÀ PARCE QUE C'EST BIEN PAYÉ...

YOLEM EST UN MALIN, SON AFFAIRE TOURNE TRÈS BIEN. TOUS LES DEUX MOIS, JE REJOINS LE CONVOI PRINCIPAL POUR ESCORTER LE CHARIOT BLINDÉ PLEIN D'OR JUSQU'À SON REPAIRE, LE PALAIS ROUGE.

MAIS... LES ENFANTS DU DELPONT ?...

HA HA HA ! TU NE CHANGERAS JAMAIS, RAYA ! NE ME DIS PAS QUE TU AS CRU À CES FADAISES ?...

NON... ENFIN... SI.

40

ON A AFFRONTÉ LA BÊTE ET CINQ DES NÔTRES SONT MORTS POUR CE BUTIN ! ON LE GARDE... ET EN ENTIER !

OUI, MAIS L'OR, C'EST LOURD !

ON DEVRAIT SE POSER, FAIRE BOIRE L'ATTELAGE.

ASSEZ ! QU'EST-CE QUE VOUS CROYEZ ? ON A VOLÉ LE TRÉSOR DE LA BÊTE ! ELLE EST IVRE DE COLÈRE ET DÉJÀ SUR NOS TALONS, VOUS POUVEZ EN ÊTRE CERTAINS !

CE COUP AUDACIEUX VA ASSURER L'AVENIR DE NOS ENFANTS, MAIS IL FAUT MAINTENANT LES METTRE À L'ABRI.

NOUS ALLONS BIENTÔT ARRIVER AUX MONTS TERNES. J'Y CONNAIS UN ENDROIT OÙ MÊME LA BÊTE NE POURRA JAMAIS NOUS RETROUVER, MAIS IL FAUT FAIRE VITE...

LE MÉCHANT MONSIEUR SERPENT VA NOUS POURSUIVRE PARCE QU'ON LUI A PRIS SON TRÉSOR, PAPA ?

NE T'INQUIÈTE PAS, MA PETITE LYNCHE ! IL NE NOUS RATTRAPERA PAS !

LÀ ! DE L'AUTRE CÔTÉ DE CE LAC ! LES MONTS TERNES ! IL FAUT ESSAYER DE NE PLUS PERDRE D'ALTITUDE...

CHARGÉS COMME ON EST, ÇA NE VA PAS ÊTRE FACILE...

43

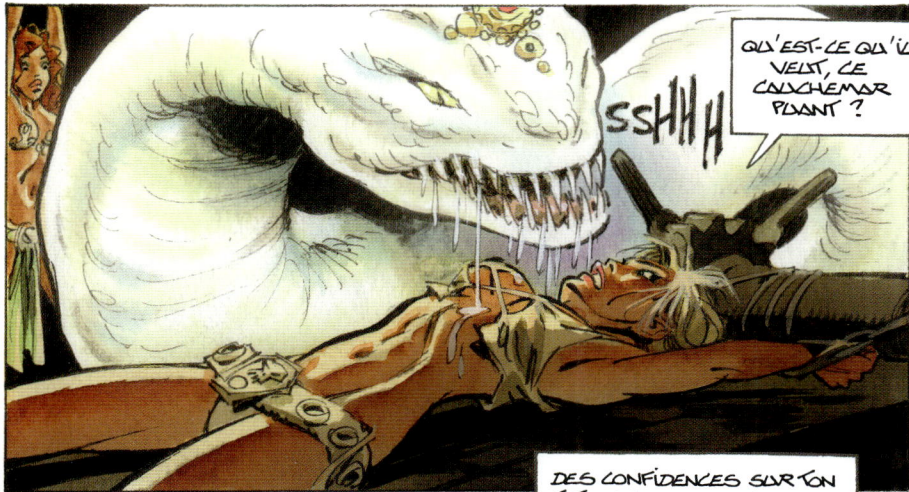

VOICI DONC CELLE QUI SAIT OÙ EST MON TRÉSOR ...

JE SUIS TRÈS VIEUX, GUERRIÈRE, ET DEPUIS PLUSIEURS SIÈCLES, RIEN NE ME PLAÎT TANT QUE D'AMASSER DE L'OR, DES PIERRES PRÉCIEUSES, DES BIJOUX ...

IL Y A UNE VINGTAINE D'ANNÉES, UNE BANDE DE MARAUDEURS EST PARVENUE À ME PILLER ... ILS M'ONT TOUT PRIS ... TOUT !

ILS PORTAIENT TOUS CE TATOUAGE EN FORME DE TORTUE.

DEPUIS, JE N'AI DE CESSE DE LES RE-TROUVER. JE VEUX MON TRÉSOR !!

... JE ... JE NE SAIS PAS DE QUOI VOUS PARLEZ ...

POUR RECONSTITUER MA FORTUNE, MON BON YOUSEM MÈNE POUR MOI DES CROISADES DE CHARITÉ, IL RÉCOLTE BEAUCOUP D'OR, MAIS SURTOUT, GRÂCE À SES DRAPEAUX DÉCORÉS DE LA TORTUE, IL ATTIRE CEUX QUI ONT DÉJÀ VU CE TATOUAGE ...

... ET ON T'A TROUVÉE, TOI !

CRRI!!!!

AH!

... , LA MÉMOIRE VA CERTAINE-MENT TE REVENIR.

SLACK!!!!

AGH!

... , LA DOULEUR EST TELLEMENT STIMULANTE ...

PRÉVENEZ-MOI DÈS QU'ELLE SERA PRÊTE À PARLER.

48

SALUT, LES FILLES!

ISSAN! TRAÎTRESSE!

POUR LE MOMENT, NON. JE FAIS EXACTEMENT CE QUE DEMANDE MON EMPLOYEUR : REMETTRE LYNCHE EN ÉTAT.

LE PREMIER DEVOIR D'UNE MERCENAIRE N'EST-IL PAS VIS À VIS DE SON CLIENT?

PAR CONTRE...

... JE POURRAIS ENVISAGER DE TRAHIR CET EMPLOYEUR...

BOIS TOUT.

BIEN ENTENDU, LYNCHE, IL ME FAUDRAIT UNE JUSTE COMPENSATION

... UNE PART DE CE TRÉSOR, PAR EXEMPLE...

DÉCIDE-TOI VITE, LYNCHE, JE LES ENTENDS QUI REVIENNENT.

PROCHAIN ÉPISODE: L'OR DES PROFONDEURS.

DANY ARLESTON MELANŸN (51)

Les Guerrières de Troy
Tome 1 - Yquem le Généreux
Tome 2 - L'Or des profondeurs

Dans le même univers :

Cixi de Troy
Dessin d'Olivier Vatine
et Adrien Floch pour le tome 3
3 tomes parus - Récit complet

Les Conquérants de Troy
Dessin de Ciro Tota
4 tomes parus - Récit complet

Gnomes de Troy
Dessin de Didier Tarquin
4 tomes parus

Les Guerrières de Troy
Co-scénario de Melanÿn
Dessin de Dany
2 tomes parus - Récit complet

Lanfeust de Troy
Dessin de Didier Tarquin
8 tomes parus

Lanfeust des Étoiles
Dessin de Didier Tarquin
8 tomes parus

Lanfeust Odyssey
Dessin de Didier Tarquin
10 tomes parus

Lanfeust Quest
Dessin de Ludo Lullabi
5 tomes parus

Trolls de Troy
Dessin de Jean-Louis Mourier
25 tomes parus

Collection Légendes de Troy :

L'Expédition d'Alunÿs
Co-scénario de Melanÿn
Dessin d'Éric Cartier
Récit complet

L'Heure de la Gargouille
Dessin de Didier Cassegrain
Récit complet

Nuit Safran
Co-scénario de Melanÿn
Dessin d'Éric Hérenguel
2 tomes parus - Récit complet

Ploneïs L'incertain
Co-scénario de Jean-Luc Sala
Dessin d'Éric Hübsch
Récit complet

Tykko des Sables
Co-scénario de Melanÿn
Dessin de Nicolas Keramidas
3 tomes parus - Récit complet

Voyage aux Ombres
Co-scénario d'Audrey Alwett
Dessin de Virginie Augustin
Récit complet

Autour du Monde de Troy :

Encyclopédie Anarchique du Monde de Troy
Dessin de Didier Tarquin et Jean-Louis Mourier
3 volumes parus

Nouvelle Cartographie Illustrée du Monde de Troy
Dessin de Didier Tarquin

Le Jeu d'Aventures de Lanfeust et du Monde de Troy
Collectif

Codex de Troy – Lanfeust
D'après un univers de Christophe
Arleston et Didier Tarquin
Textes de Tullamore

Il était une fois Troy – Lanfeust
Christophe Arleston, Didier Tarquin
Entretiens avec Ch. et B. Pissavy-Yvernault

IMPRIM'VERT®

www.editions-soleil.fr

Éditrice : Adeline Fourquin

Le Monde de Troy est une création de Christophe Arleston.

© ÉDITIONS SOLEIL / ARLESTON / MELANŸN / DANY

Soleil - 44, rue Baudin - 83000 Toulon - France
Soleil Paris - 8, rue Léon Jouhaux - 75010 Paris - France

Conception et réalisation graphique : Studio Soleil
Lettrage : Guy Mathias

Dépôt légal : Mai 2010 - ISBN : 978-2-30201-069-7

Achevé d'imprimer en octobre 2021 sur les presses de l'imprimerie SEPEC, à Péronnas, France - 19787210965

CHRONOLOGIE DE TROY

Dans les tavernes enfumées du port d'Eckmül, dans les villages les plus isolés des monts Exsangues, sur les sampangs grinçants de l'océan Darshanide, il circule d'étranges histoires... Certaines sont basées sur des faits authentiques, d'autres ne sont que des contes issus de l'imagination alcoolisée de vieux marins. Et tout cela forme les contes et légendes de Troy, tirés de 4000 ans d'histoire d'une planète entière.

AN 30 | LES CONQUÉRANTS DE TROY

En ces temps lointains, Triban était encore une riche cité marchande. L'histoire du barbare qui, entouré de jolies marquises, débarrassa la ville de ses gargouilles mangeuses de pierre...

AN 900 | LE VOYAGE AUX OMBRES

Élevé au milieu des déserts du Delpont, Tykko n'est pas un garçon comme les autres. Orphelin et rejeté, il est le meilleur kamleer de la région et découvre qu'il est destiné à sauver une race presque oubliée...

AN 1128 | TYKKO DES SABLES

Les mercenaires parsèment l'histoire de Troy. Mais ces trois-là ne sont pas comme les autres : Lynche la tranchante, Raya la pulpeuse rousse et l'énigmatique Issan ont marqué leur temps de leur empreinte...

AN 2600 | NUIT SAFRAN

AN 3200 | L'EXPÉDITION D'ALUNŸS

Eckmül rayonne à travers tout le monde de Troy co la cité du Conservatoire, la cité des sages, Et juster l'un d'eux est à la recherche du 14ᵉ enchantement majeur. Pourtant, lorsque l'expérience tourne mal, c'est à l'autre bout du monde qu'il faut chercher la

AN 3700 | TROLLS DE TROY

GNOMES DE TROY

Dans le petit village de Glinin, une bande de gamins cruels et mal élevés sont à la recherche de l'apparition de leur pouvoir. Parmi eux, le petit Lanfeust...

AN 4000 | GNOMES DE TROY

LANFEUST DE TROY

Le héros mythique, le premier homme à posséder le pouvoir absolu sur Troy. Sa confrontation avec le terrible Thanos l'entraînera dans la plus fabuleuse des quêtes : celle de l'origine de la magie.